O QUE VOCÊ VÊ

ALEXANDRE RAMPAZO

QUE TALVEZ ELE TENHA PASSADO UM BELO FIM DE SEMANA COM A FAMÍLIA? QUE ELES ALMOÇARAM JUNTOS E RIRAM BASTANTE À TARDE... E QUE LEVAR O CACHORRO PRA PASSEAR NO FIM DO DIA É ALGO BEM LEGAL DE FAZER.

OLHA! ELE ESTÁ LENDO UM LIVRO DO SEU HERÓI FAVORITO.
FAZER COISAS CORAJOSAS E IMPOSSÍVEIS É TÍPICO DE UM HERÓI.
SER HERÓI DEVE SER MUITO, MUITO INCRÍVEL!

TINTAS, PINCÉIS, PINTURAS. SER ARTISTA! ELE PODE VER AS COISAS DE UM JEITO DIFERENTE! PODE PINTAR O MUNDO COMO QUISER! PODE DEIXAR TUDO MUITO MAIS COLORIDO!

AGORA... É DIA DE IR AO BANCO. ELE VAI PEGAR ALGUM DINHEIRO, COMPRAR UM TERNO NOVO E VAI AO BARBEIRO AJEITAR O BIGODÃO PRA ENCONTRAR A LUCILA. E VAI PERFUMADO!

QUE DIA BOM, QUE BOM DIA! ELE TIROU A MELHOR NOTA DA TURMA NA PROVA DE MATEMÁTICA. QUANDO CHEGAR EM CASA, VAI GANHAR UM ABRAÇO APERTADO DA MÃE, UM ALMOÇO CAPRICHADO E UMA BOLA DE SORVETE!

HUM, MUITO CHIQUE! NEM ESTÁ FRIO, MAS ELA QUER MOSTRAR PARA TODOS COMO SEU CACHECOL É BONITO! E ELA TEM QUE CORRER SE NÃO QUISER PERDER O VOO PRA... PRA... É PARRÍ OU PARIS QUE FALA?

SERÁ QUE ELE GOSTA DE SER CARTEIRO? ENTREGAR HISTÓRIAS DE SAUDADES E HISTÓRIAS DE FELICIDADES DEVE SER LEGAL, NÉ? ESCREVER, SABER CONTAR UM SENTIMENTO COM AS LETRAS.
E TAMBÉM RECEBER E LER CORRESPONDÊNCIAS! QUE LINDO!

CORRE, CORRE PRA CHEGAR EM PRIMEIRO LUGAR! UMA ATLETA COM FAMA, AMIGOS, DINHEIRO! QUE APARECE NA TEVÊ E VIAJA POR TODO O MUNDO! COMO VENCER É BOM...

ESTE É O MELHOR JOGADOR DO TIME! É RICO E COMPROU UMA CASA COM PISCINA PRA MÃE E UM CARRO DAQUELES VERMELHOS PRA ELE MESMO. TEM UM FILHO COM NOME KEVIN, UMA FILHA CHAMADA ANITA E OUTRO CHAMADO PRISCILO, QUE É UM NOME BEM INVENTADO.

HOJE ELE ACORDOU CEDO COM A CERTEZA DE QUE TERÁ UM BELO DIA. É O MELHOR CHEFE DO MUNDO, NA MELHOR EMPRESA DO MUNDO, COM AS MELHORES PESSOAS DO MUNDO E QUER AJUDAR TODO MUNDO!

O MAIS LEGAL DE SER VELHINHA É PODER SER UMA AVÓ DAQUELAS QUE FAZ BOLO, BRIGADEIRO... QUE AGARRA COM FORÇA, APERTA A BOCHECHA E FAZ CAFUNÉ NO NETO PREFERIDO!

OLHA, OLHA! UAU! QUE SKATE LEGAL! E ELE TEM UM GORRO LEGAL! E UMA ROUPA LEGAL! UM TÊNIS LEGAL! QUE VIDA MAIS LEGAL!

ELA DECIDIU QUE HOJE SÓ VAI PASSEAR! COLOCOU A MELHOR ROUPA, ARRUMOU BEM O CABELO E VAI AO CINEMA, DEPOIS AO TEATRO, DEPOIS COMER UM LANCHE, DEPOIS...

Ei...

AGORA, VAMOS FAZER O SEGUINTE:

ME DIZ O QUE VOCÊ VÊ...

MAS VER DE OLHOS FECHADOS
NÃO É SONHAR?

ACHO QUE SIM. ACHO QUE SONHAR É
O NOME QUE DÃO PRA ISSO.

ENTÃO, SE EU FECHAR OS OLHOS,
NESTE SONHO DE AGORA ESTOU
INVISÍVEL.

INVISÍVEL, QUASE IRREAL
AQUI ONDE A GENTE ESTÁ...

... MAS MUITO REAL DENTRO DO MEU SONHO!

E, AQUI NO MEU SONHO, EU POSSO VOAR.

TENHO QUE ABRIR OS OLHOS AGORA?

Pois é, existem duas formas de ver o mundo: com os olhos da cara ou com os olhos do coração. Uma nos diz o que temos à frente, a outra sente. Quando ficamos felizes com a felicidade de alguém ou sofremos com a dor de outra pessoa, estamos olhando com os olhos do coração. Um dia, nos meus tempos de escola, uma colega de classe foi atropelada depois de sair da aula e quebrou a perna. Quase toda a turma chorou. Eram os olhos do coração. Quando não somos capazes de ver com esses olhos, o nome disso é indiferença.

Este livro fala disso. Atualmente, no Brasil, mais de 200 mil pessoas vivem nas ruas, sem abrigo nem acolhimento. Elas quase se tornam parte da paisagem, porque fomos tratando esse absurdo humano como se fosse normal. No dia a dia, nós nos preocupamos e brigamos pelas menores coisas, mas não ligamos para um semelhante jogado na calçada. Ele fica quase invisível.

Só que as coisas sempre podem mudar, e as mudanças dependem de nós. Elas passam por recuperarmos os olhos do coração. Você consegue imaginar, num dia de frio, cansado, com fome, você não ter uma casa para onde voltar? Um banho quente, uma cama, carinho? Se conseguirmos ver na criança sem-teto um irmão e na senhora idosa que pede esmola uma avó, vamos vencendo a indiferença.

E aí nasce o mais bonito dos sentimentos humanos: a solidariedade. Ela surge quando vemos com os olhos do coração e quando, a partir disso, fazemos algo para mudar a realidade: um olhar, um prato de comida, uma oportunidade e, principalmente, lutar por uma sociedade em que ninguém seja sem-teto nem invisível. Por isso, pergunte-se sempre: o que você vê?

Guilherme Boulos

Alexandre Rampazo nasceu em São Paulo, formou-se em design, é autor de livros ilustrados e artista gráfico.

Recebeu alguns dos principais reconhecimentos de literatura infantojuvenil no Brasil, como Prêmio Fundação Nacional do Livro Infantil e Juvenil, Prêmio Jabuti, Prêmio Biblioteca Nacional, Prêmio APCA e Troféu Monteiro Lobato. No exterior, foi agraciado com Premio Fundación Cuatrogatos (EUA), prêmio para projeto literário no Cannes Lions 2016 (França), Facebook Awards 2016 (EUA). Participou da 26th Biennial of Illustrations Bratislava (Eslováquia) e tem obras selecionadas no Clube de Leitura ODS da ONU e no Plano Nacional de Leitura (Portugal).

Pela Boitatá publicou *Pinóquio: o livro das pequenas verdades* (2019), integrante da IBBY Honour List 2022 (Suíça), vencedor do prêmio FNLIJ de melhor livro para criança e melhor projeto editorial e do Prêmio Cátedra Unesco. Foi ainda finalista dos prêmios Jabuti e da Biblioteca Nacional na categoria Literatura Infantil (2020). *Pinóquio* figura também na lista de trinta melhores livros infantis do ano da revista *Crescer* e recebeu o Selo Altamente Recomendável da FNLIJ (2020).

© do texto e das ilustrações, Alexandre Rampazo, 2023
© desta edição: Boitatá, 2023

Direção-geral Ivana Jinkings
Edição Thais Rimkus
Coordenação de produção Livia Campos
Assistência editorial Allanis Ferreira
Revisão Frank de Oliveira
Arte e projeto gráfico Alexandre Rampazo
Arte-final Antonio Kehl

É vedada a reprodução de qualquer parte deste
livro sem a expressa autorização da editora.

1ª edição: abril de 2023

CIP-BRASIL. CATALOGAÇÃO NA PUBLICAÇÃO
SINDICATO NACIONAL DOS EDITORES DE LIVROS, RJ

R148q

    Rampazo, Alexandre
       O que você vê / Alexandre Rampazo. - 1. ed. - São Paulo :
Boitatá, 2023.
       il.

      ISBN 978-65-5717-224-7

      1. Ficção. 2. Literatura infantojuvenil brasileira.
I. Título.

23-83403   CDD: 808.899282
                     CDU: 82-93(81)

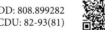

Meri Gleice Rodrigues de Souza - Bibliotecária - CRB-7/6439

Jinkings Editores Associados Ltda.
Rua Pereira Leite, 514
05442-000 São Paulo SP
Tel.: (11) 3875-7250 | 3872-6869
contato@editoraboitata.com.br
boitempoeditorial.com.br
ⓕ boitata | 🅘 editoraboitata

Publicado no mês em que se celebra o Dia Nacional do Livro Infantil, este livro foi composto em Providence Sans corpo 13/17 e Chalkboard, corpo 12/17, e impresso em papel Offset 90 g/m² pela gráfica PifferPrint para a Boitatá, com tiragem de 5 mil exemplares.